Maria von Jever

Ein historisches Märchen

von Brigitte Hagen

Impressum: **Maria von Jever**

Ein historisches Märchen

© 2021, Von Brigitte Hagen

Herausgeber: Hans-Jürgen Sträter

Herstellung und Verlag: BoD – Books on Demand, Norderstedt

Ausgabe vom 1.10.2021

ISBN: 978-3-754351-43-7

Coverfoto: wikimedia.commons

Inhalt

Maria von Jever – ein historisches Märchen

Vor 500 Jahren erblickte in der wehrhaften Burg zu Jever ein kleines Mädchen das Licht der Welt. Die Eltern tauften es auf den Namen Maria.
An ihrer Wiege standen – feengleich – zwei geheimnisvolle Gestalten: die eine licht und hell, die andere düster und dunkel.

Die Dunkle beugte sich über die Wiege und sprach: „Mein Kind, du wirst ein schweres Leben haben: Sehr oft wird dir der Tod begegnen, Naturkatastrophen werden über das Land hereinbrechen und deine Feinde werden nicht aufhören, dich zu bekämpfen, Einer von ihnen mit besonders unlauteren Mitteln."

Daraufhin beugte sich die lichte Gestalt über die Wiege und sprach:
„Mein Kind, all das wird geschehen, aber du wirst dich von diesen Schicksalsschlägen nicht unterkriegen lassen, im Gegenteil: Du wirst daran erstarken und der Nachwelt ein leuchtendes Beispiel sein. Wir geben dir

Helfer zur Seite, starke, treue Helfer. Sie werden dich führen, begleiten und beschützen."

Die lichte und die Schattengestalt hatten die Wahrheit gesprochen:

Als Maria 1 Jahr alt war, starb ihre Mutter, die Gräfin Heilwig von Oldenburg bei der Geburt ihrer Schwester Dorothea.

Maria, ihre beiden älteren Geschwister, die Zwillinge Christoph und Anna, sowie die kleine Dorothea wuchsen nun als Halbwaisen unter der Obhut einer Kinderfrau heran.

Ihr Vater, Edo Wiemken aus dem Geschlecht der Papinga, kämpfte um die Vorherrschaft im Jeverland.

Er fühlte sich als rechtmäßiger Erbe von Jever, Rüstringen, Oestringen und Wangerland.

Die Dorfhäuptlinge, allen voran Balthasar von Esens, aber auch Graf Edzard von Ostfriesland machten ihm seinen Besitz immer wieder streitig. Es waren unruhige Zeiten. Überfälle und Kämpfe brandeten über das Land.

Zum Schutz und als Zeichen seiner Macht baute Edo die Burg zu Jever aus. Dem starken wehrhaften Turm, Eulenturm genannt, fügte er einen Wohntrakt hinzu. Mit zwei Gräben und zwei Wällen umgeben sollte seine Burg für alle Feinde uneinnehmbar sein.

Der Ausbau der Deiche war ihm ein großes Anliegen. Sie dienten dem Schutz von Mensch und Tier, aber auch der Landgewinnung. Ist doch das dem Meer abgerungene Land besonders fruchtbar.
Die Kinder mussten schon in frühester Jugend erleben, wie in drei aufeinanderfolgenden Wintern die Deiche brachen, ganze Dörfer in den Fluten versanken und die wenigen überlebenden Menschen ihr ganzes Hab und Gut verloren.

Maria liebte ihren Vater sehr. Sie bewunderte ihn ob seiner Stärke, seiner Kraft, seiner Zielstrebigkeit und seiner Macht. Sie staunte, wie alle auf der Burg lebenden Menschen seinen Befehlen bedingungslos gehorchten. Wenn seine Stimme – vor allem wenn er wütend war und sich aufregte – laut und gewaltig durch die Burganlage dröhnte und alle vor dieser Donnerstimme zitterten, dann war Maria wohl die Einzige, die keine Angst hatte. Im Gegenteil: Sie war stolz auf ihren Vater und freute sich insgeheim.

Manchmal nahm er sich Zeit für seine Kinder. Er ließ sie zu sich kommen und erzählte von den tapferen Vorfahren aus dem Hause der Papinga. Er erzählte von ihrer Mutter, seiner geliebten Frau Heilwig und wie sie ihn mit Ausdauer und Geduld immer wieder darum gebeten hatte, seine Verbindung zu den verwegenen und überaus einflussreichen Seeräubern abzubrechen.

„Nun, ihr zuliebe – und euch zuliebe – habe ich mich aus diesem gefährlichen Geschäft zurückgezogen… aber schließlich brauchte ich das Geld der Seeräuber auch nicht mehr. Hatten mir doch die guten Beziehungen zu ihnen schon so viel Geld eingebracht, dass ich mir goldenes Geschirr leisten kann und Dienstboten", fügte er mit einem schelmischen Augenzwinkern und nicht ohne Stolz hinzu.

Dass die Pest, der schwarze Tod, seine erste Frau mit den drei Kindern dahingerafft hatte, erwähnte er nicht.

8

Dahingegen versäumte er es nie, seine Kinder vor Edzard von Ostfriesland zu warnen, Edzard aus dem Geschlecht der Cirksena.

„Dieser Graf aus Aurich glaubt, er sei der rechtmäßige Herr über das Jeverland. Er behauptet dass es einen Lehensbrief des Kaisers gäbe, und dass in diesem Brief der Kaiser selbst ihm, Edzard, das Jeverland zuge-schrieben hätte. Das ist eine Lüge!" erboste sich Edo jedes Mal, „eine gemeine Lüge, ganz sicher ist der Brief eine Fälschung!"

Einmal wagte Maria zu sagen: „Aber Vater, dann lasst euch diesen Brief doch zeigen, so könnt ihr ihn selbst überprüfen."

„Ach Kind, genau das ist ja die Frechheit. Edzard zeigt mir den Brief nicht. Er will nicht oder kann nicht! Er behauptet, er könne ihn nicht finden. Deshalb ist alles ganz sicher erstunken und erlogen.

Doch dann geschah das Unglück.

Als die Antoniflut über das Land hereinbrach, und Edo Tage und Nächte draußen an den Deichen verbrachte, um den Menschen zu helfen und zu retten, was noch zu retten war, da holte er sich einen schlimmen Husten.

Kein Arzt, keiner der Doktoren und auch kein Heilkundiger konnte ihm helfen und am Tag vor dem heiligen Osterfest verstarb er im Alter von 57 Jahren.

Maria war 11 Jahre alt.

Man führte die Kinder an das Totenbett ihres Vaters. Es war kalt. Sie fröstelten. Die Fenster standen weit offen, damit die Seele des Verstorbenen ihren Weg in den Himmel ungehindert finden kann.

Nachdem die Kinder ihrem Vater für immer Lebewohl gesagt hatten, wurden sie ins Bett geschickt. Maria fand keinen Schlaf. Mitten in der Nacht stand das kleine Mädchen noch einmal auf und irrte durch die dunkle kalte Burg. So kam sie in das Arbeitszimmer ihres Vaters. Hier an diesem mächtigen Schreibtisch aus Eichenholz hatte sie ihn oft sitzen sehen.

Im schwachen Licht des Mondes bemerkte sie auf der Tischplatte ein Glitzern. Da lag ein Ring, ein großer Siegelring mit dem Wappen der Papinga …

Sie nahm ihn in ihre kleine Hand und es war ihr, als

würde sie die Kraft ihres Vaters spüren. Sie fühlte sich inniglich mit ihm verbunden und fühlte sich getröstet. Dann ging sie zurück, legte den Ring unter ihr Kopfkissen und schlief sogleich ein.

Am nächsten Tag versteckte sie den kostbaren Fund an einem geheimen Ort im Eulenturm. Immer wenn sie verzagt war und nicht mehr weiter wusste, holte sie ihn aus dem Versteck, nahm ihn ehrfurchtsvoll in ihre kleine Hand und dachte an ihren Vater …

Wie gut, dass Edo beizeiten ein Testament gemacht hatte.

In diesem bestimmte er den Bruder seiner geliebten Frau Heilwig, den Grafen Johann V. von Oldenburg, zum Vormund seiner vier unmündigen Kinder und beauftragte fünf ergebene Dorfoberhäupter das Jeverland so lange zu verwalten, bis auch sein jüngstes Kind volljährig sei. Als Gegengabe für die Verantwortung wurden diese sog. „Regenten" von allen Steuern und Abgaben befreit.

Doch diese waren in erster Linie daran interessiert, ihre eigene Macht auszubauen und ihren Besitz zu vermehren.

Sie dachten nicht einmal daran, sich um die Reparatur und den Ausbau der Deiche zu kümmern, was doch nach den verheerenden Fluten überaus wichtig gewesen wäre.

Onkel Johann gab Christoph in die Obhut des Herzogs Heinrich von Braunschweig und Lüneburg. An dessen Hof sollte der Junge alles lernen, was er für sein künftiges Leben als Erbe des Jeverlandes wissen und können musste: Lesen und Schreiben, Mathematik und Verwaltung. Körperliche Ertüchtigung, reiten und der Umgang mit Schwert und Säbel waren ebenfalls von größter Wichtigkeit.

Auch sollte er in das Kriegshandwerk eingeführt werden und erste Erfahrungen im Kampfe machen.

Für die Mädchen schickte Onkel Johann aus Oldenburg den Studiosus Ewald Harms nach Jever. Der unterrichtete fortan die Drei im Lesen und Schreiben und in Heimatgeschichte.

Dieser Unterricht gefiel Maria sehr. Wissbegierig nahm sie alles in sich auf, während ihre größere Schwester Anna stets schnell ermüdete und Dorothea, der kleine Wirbelwind, kaum stillsitzen konnte. „Ach wenn ich doch endlich wieder im Stall bei meinen geliebten Pferden sein, oder reiten könnte!" dachte sie voller Ungeduld.
So verging die Zeit.

Als Christoph 18 Jahre alt war, kehrte er nach Hause zurück. Er war mit seinem Ziehvater bereits erfolgreich in den Krieg gezogen und freute sich auf das neue Leben als Nachfolger seines Vaters, Edo Wiemken.
Eines heißen Sommertages spielte er mit einigen Freunden im Burghof Ball. Er verspürte großen Durst. Man reichte ihm einen Becher mit Wasser, in das man, wie damals üblich, allerlei Gewürze gemischt hatte.
Christoph trank hastig und ------ fiel tot zu Boden.
Schnell wurden Gerüchte laut, er sei vergiftet worden …

Es gab viele Gerichtsverhandlungen, doch man fand keine eindeutigen Beweise: Die Ursache seines Todes sollte für immer ein Geheimnis bleiben.

Wieder hatten die Burgbewohner einen Toten zu beklagen. Anna, Maria und Dorothea saßen am Bett ihres toten Bruders. Sie fröstelten …

Da hatte Maria eine Idee:
Eilends lief sie zum Eulenturm und holte aus dem Versteck den Siegelring des Vaters. Sie legte ihn in Annas Hand und erzählte von der Nacht, in der sie ihn gefunden hatte.
„Dieser Ring soll ab heute dir gehören, denn du bist jetzt die rechtmäßige Herrin über das Jeverland."
Anna erschrak, sie fühlte sich zu schwach für diese Aufgabe, andrerseits freute sie sich aber auch und spürte – wie damals die kleine Maria, – dass von diesem Ring eine besondere Kraft ausging.

Die Kunde von Christophs Tod verbreitete sich in Windeseile.
Und da jetzt das Jeverland ohne männlichen Erben war, waren sie schnell zur Stelle: Balthasar von Esens, die Braunschweiger, und Graf Edzard von Ostfriesland.

Alle gaben vor, sich um das Wohl der drei Froichen zu sorgen.

In Wirklichkeit ging es ihnen in erster Linie aber darum, Einfluss auf das Jeverland zu gewinnen.

Der Herzog Heinrich von Braunschweig als besorgter Pflegevater Christophs wollte die drei Froichen für immer in ein Kloster schicken. „Da sind die Weibsleut am besten aufgehoben," beteuerte er.

Doch dazu hätte Johann von Oldenburg als Vormund seine Einwilligung geben müssen. Er verweigerte sie.

Graf Edzard von Ostfriesland hatte einen ganz anderen Plan: Er hatte drei Söhne, und hier in Jever gab es drei Froichen. Wenn er nun einen seiner Söhne mit einer der Froichen verheiraten würde, dann wären ihre Häuser für immer vereint --- und zwar auf friedlichem Wege!

Wie freundlich er doch war, als er Anna, Maria und Dorothea seinen wohl durchdachten Ehevertrag vorlegte.

Auf einer Pergamentrolle war in großen Lettern geschrieben:

„Ich, Graf Edzard von Ostfriesland, verspreche, dass mein ältester Sohn Ulrich das Fräulein Anna ehelichen wird. Wenn diese Ehe nicht zustande kommen sollte, wird mein zweiter Sohn Enno das Fräulein Maria heiraten. Und falls auch diese Ehe nicht zustande kommen sollte, wird mein jüngster Sohn Johann das Fräulein Dorothea zur Frau nehmen.

Sollte Gott jedoch alle meine drei Söhne vor mir sterben lassen, so werde ich selbst mich der armen verwaisten Froichen annehmen und eine von ihnen heiraten.

Dieser Vertrag soll binnen sieben Jahren in Kraft treten."

Alle Anwesenden, darunter auch die fünf Regenten, hielten dieses Heiratsversprechen für die beste Lösung, sowohl für die Sicherheit und Zukunft der Froichen, als auch für das Jeverland.

Nur Maria war misstrauisch: „Wieso ist Onkel Johann nicht hier? Er ist doch unser Vormund!

Vater hat uns immer vor diesem Edzard gewarnt. Was würde unser lieber Vater dazu sagen, wenn er noch leben würde?

Können wir Edzard vertrauen? Meint er es ehrlich mit uns?"

Doch das Erbfräulein Anna unterschrieb.

Maria war jetzt 17 Jahre alt.

Graf Edzard setzte einen Verwalter ein. Dieser Drost nahm Wohnung in der Burg zu Jever. Er kümmerte sich um die militärischen und geschäftlichen Angelegenheiten und um die Verwaltung.

Die Fräulein zu Jever fassten Vertrauen zu ihrem künftigen Schwiegervater in Aurich und der bestand darauf, dass sie wie „des Grafen eigene Kinder geachtet und gehalten werden sollten." Auch stand er ihnen mit Rat und Tat zur Seite.

Die Jahre vergingen.

Da --- ein neuer Schicksalsschlag.

Marias kleine Schwester Dorothea, der Sonnenschein im Hause, verunglückte bei einem Reitunfall tödlich.

Fassungslos saßen Maria und Anna am Totenbett der geliebten Schwester dieses kleinen Wirbelwindes. Sie fröstelten. Wieder waren die Fenster weit geöffnet, damit die Seele der leidenschaftlichen Reiterin ungehindert in den Himmel fliegen kann.

Die beiden Schwestern hielten sich an der Hand. Später saßen sie weinend in Marias Kammer. Da holte Anna den väterlichen Siegelring hervor. „Ach Vater", seufzte sie, „steh uns bei! Wie soll es ohne das fröhliche Lachen unserer kleinen Dorothea weiter gehen?"

Anna und Maria warteten auf die Erfüllung des Heiratsvertrages.

Graf Edzard war alt geworden, alt und sehr krank. Sein Leben neigte sich dem Ende zu. Er hatte nicht mehr die Kraft, seine Pläne gegenüber den Söhnen durchzusetzen. Unter dem Vorwand, an dem Heiratsvertrag einige Verbesserungen zum Vorteil der Froichen vornehmen zu wollen, brachten die jungen Grafen aus Aurich diesen in ihren Besitz.

Jetzt fühlten sie sich frei von jedweder Verpflichtung. Die Mädchen hingegen hatten kein Beweisstück mehr in Händen.

Edzards ältester Sohn Ulrich, aus spanischen Diensten nach Hause zurückgekehrt, hatte nur noch den einzigen Wunsch, in einem Kloster Ruhe und Frieden für seine qualvoll leidende Seele zu finden. Kurzerhand erklärte man ihn für geisteskrank.

Die beiden anderen, Enno und Johann, dachten gar nicht daran, Anna und Maria, diese beiden niedrigen, unkultivierten Häuptlingstöchter aus der Provinz zu heiraten. Sie überboten sich darin, deren Ansehen in der Öffentlichkeit herabzusetzen, nur um der ganzen Welt zu beweisen, dass eine Heirat mit diesen Froichen unter ihrer Würde sei.

Außerdem waren sie davon überzeugt, dass sie das Jeverland auf ganz andere Art und Weise in die Hand bekommen würden, nämlich durch List.

Als Drohgebärde ließen sie Kanonen auffahren, und ritten in Begleitung einiger Freunde nach Jever.

Ahnungslos ließen die Froichen die Männer in die Burg, dachten sie doch, die Grafensöhne aus Aurich kämen als Freunde und Bräutigame.

Doch die Ostfriesen, führten sich auf wie Eroberer.

Die Burgbewohner mussten ihnen als neue Herren huldigen.

Von den Regenten verlangten sie den Treueeid auf ihre Person, den diese bereitwillig schworen.

Von den Froichen erzwangen sie den Verzicht auf ihre Herrschaftsansprüche und auch die Untertanen sollten ihnen Treue schwören. Als diese sich weigerten, rief Maria ihnen zu:

„Ergebt euch! Tut, was sie verlangen! Vor den Toren stehen Kanonen. Es darf kein Blutvergießen geben!"

Der Eid wurde geleistet. Er sollte solange gelten, wie das Schloss besetzt war.

Ausgiebig feierten die Ostfriesen im Obergeschoss der Burg ihr schmähliches Verhalten wie eine Heldentat. Sie plünderten die Küche und den Weinkeller Edos, hielten tage- und nächtelang Sauf- und Fressgelage ab, grölten und überboten sich in Schmähreden gegen das

Geschlecht der Papinga, gegen Edo Wiemken und gegen die zwei Froichen.

Diese fanden Zuflucht in einer kleinen dunklen Kammer im Erdgeschoss. Hilflos mussten sie das brutale Treiben der Männer im Stockwerk über sich mit anhören.

In diesen bis dahin schwärzesten Stunden ihres bisherigen Lebens hielten die beiden Schwestern wieder den väterlichen Siegelring in ihren Händen, beteten und flehten inständig, Gott und alle Mächte des Himmels mögen sie von diesen Unholden befreien.

Doch die Besatzung sollte dauern.

Für Anna und Maria begann eine wahre Leidenszeit.

Sie wurden Dienstmägden gleichgestellt.

Der Zutritt zu den schönen großen hellen Räumen im Obergeschoss der Burg war ihnen verwehrt.

Ihrem Stande angemessenes Weißbrot oder Geflügel zu essen wurde ihnen verboten und in den kalten Wintermonaten mussten sie oft frieren, weil sie nicht genug Torf zugewiesen bekamen.

In dieser Zeit war es Vaters Siegelring, der Maria immer wieder Kraft gab, durchzuhalten, auszuhalten.

In ihr reifte der Entschluss, so lange stillzuhalten, bis die Zeit für ihre Befreiung gekommen sei --- und vor allem die Zeit für Vergeltung!

„Vater! Wie recht du doch hattest, als du uns vor den Ostfriesen gewarnt hast. Ich werde diese Schmach rächen und ich weiß, dass du mir die Kraft dazu geben wirst!"

Außerdem machte sie sich große Sorgen um Anna. So blass sah ihre Schwester aus, so zart und zerbrechlich! Manchmal war sie zu schwach, um das Bett zu verlassen. Und Anna war froh, dass sie ihrer jüngeren Schwester immer mehr Verantwortung übertragen konnte.

„Wie kann Graf Edzard das alles zulassen?" fragten sich die Froichen verzweifelt. „Er stand uns doch immer zur Seite. Wieso hilft er uns nicht?"

Da erhielten sie die Kunde von seinem Tod. Graf Edzard aus dem Hause der Cirksena war mit 66 Jahren gestorben.

Sein zweiter Sohn Enno, trat die Nachfolge an.

Dieser wollte Boing von Oldersum/Gödens, der an seiner Seite im Schloss zu Aurich wie ein Bruder herangewachsen war, loswerden. Also bestimmte er ihn als neuen Verwalter, als neuen Drost für das Jeverland und Boing nahm Wohnung in der Burg zu Jever.

Maria war jetzt 27 Jahre alt. Der Heiratsvertrag war längst überfällig.

Die Grafensöhne dachten nicht daran, ihn zu erfüllen. Sie hatten ein Auge auf die Oldenburger Kusinen geworfen, stammten diese doch aus adeligem Geschlecht!

Als Maria 30 Jahre alt war, musste sie hilflos mit ansehen, wie ihr Bräutigam Enno, Graf von Ostfriesland, ihre Kusine, die Gräfin Anna von Oldenburg heiratete.

Welch eine Schmach, welch eine Demütigung!

„Vater", dachte Maria, „wie lange muss ich diese Beleidigungen aus dem Hause der Cirksena noch ertragen?"

Standesgemäß zu heiraten schien nun für Maria die einzige Lösung. Und da war auch ein Edelmann, der um sie warb. Maria stimmte einer Hochzeit zu, obwohl sie in diesem Fall ihr geliebtes Jeverland hätte verlassen müssen und das wäre ihr sehr schwer gefallen.

Doch Enno betrog sie aufs Neue. Er behauptete einfach, sie hätte das Heiratsangebot ausgeschlagen.

In Wirklichkeit war er nicht bereit, die Aussteuer für Maria zu bezahlen. In der Kriegskasse sei das Geld viel besser angelegt, dachte er, zumal die Überfälle von Balthasar von Esens kein Ende nehmen wollten.

Nach dem Gesetz war Enno allerdings verpflichtet, für die Froichen eine angemessene Pension zu zahlen, falls diese nicht heiraten würden.

Doch solch eine Pension wäre erst nach Ablauf einer Frist von zwei Jahren fällig geworden.

„Und in dieser Zeit kann viel geschehen", davon war Graf Enno überzeugt.

Nun war das Maß voll.

Maria kochte vor Wut und Verzweiflung und wieder, immer wieder hielt sie den Siegelring ihres Vaters in Händen ----

„Warum sind wir Frauen den Männern nur so hilflos ausgeliefert?" fragte sie sich in jenen Tagen oft.

Aber es sollte noch schlimmer kommen:

Während Enno in Brüssel weilte, hielt sein jüngerer Bruder, Graf Johann, Einzug in der Burg zu Jever. Er führte sich auf, als sei er der größte und mächtigste Herrscher aller Zeiten, erteilte ohne Unterlass Befehle, schimpfte und tobte, nichts konnte man ihm recht machen, und er verlangte absoluten Gehorsam. Eines Abends trank er sich Mut an und torkelte in Marias Schlafgemach, um sie aufs übelste zu beschimpfen, unflätig, widerlich, ungeheuerlich.

Am nächsten Tag posaunte er, immer noch betrunken, die hässlichsten Beleidigungen gegen Fräulein Maria in der Öffentlichkeit aus …

Noch ehe man Johann zur Rechenschaft ziehen konnte verließ er fluchtartig Jever und ritt eilends zurück nach Aurich.

Plötzlich, – zwei Gestalten – wie aus dem Nichts, die eine düster und dunkel, die andere licht und hell.

Sein Pferd scheute. In hohem Bogen flog Graf Johann in den Schloot. Schnell kroch er heraus.

„Wer hat es gewagt, sich mir in den Weg zu stellen? –
Das sollt ihr mir büßen!" brüllte Johann wutentbrannt und
blickte sich um.

So weit das Auge reichte – keine Menschenseele –!

Wird das denn nie enden?

Vater, hilf!

Da wurde ihr ein Helfer geschickt:

Es war Boing von Oldersum, der neue Verwalter.

Der hatte mit wachsendem Unwillen das schändliche
unehrenhafte Verhalten seiner ostfriesischen Herren
beobachtet.

Jetzt war auch für ihn das Maß voll.

Er sagte sich von Ostfriesland los und stellte sich ritter-
lich an die Seite der beiden Froichen. Mit diesem mutigen
Schritt handelte er sich nicht nur die Feindschaft der
ostfriesischen Grafen ein, sondern auch den Verlust
seiner Ehre und seiner Güter.

Er galt jetzt als Verräter, ohne Ehre, ehrlos ---
aber er hatte eine ehrenhafte Aufgabe gefunden:

Die hilflosen Froichen zu beschützen und ihnen zu helfen, ihr rechtmäßiges Erbe wieder zu erlangen. Während Enno außer Landes war, warb Boing Söldner an und befreite das Jeverland von der ostfriesischen Besatzung.

Das Jeverland war frei! Endlich frei!

Was für eine Freude für Maria, für Anna, und für alle Jeverländer!

Maria war jetzt 31 Jahre alt.

„Edler Boing, dich hat mir der Vater geschickt!

Nie werde ich dir vergessen, was du für uns und unser Jeverland getan hast!"

Marias Herz war voller Dankbarkeit, aber auch Boing war glücklich. Er fühlte sich wie befreit von den Launen Lügen und Unbotmäßigkeiten seiner ehemaligen Herren. Sein Leben, sein Streben und seine ganze Kraft galten nun dem Jeverland.

Alsbald waren sich Maria und Boing von Oldersum von Herzen zugetan.

Und so kam es, wie es kommen musste:

Sie dachten darüber nach durch den Bund der Ehe ihrem Jeverland ein gesundes stabiles Fundament zu geben.

Und so ein starkes Fundament war auch wirklich von größter Wichtigkeit, denn Graf Enno war keineswegs bereit auf das fruchtbare Jeverland mit seinen goldenen Weizenfeldern zu verzichten.

Schon im nächsten Jahr überfiel er Jever. Der Ort brannte lichterloh! Die Menschen strömten in die Burg, um Schutz zu suchen. Maria öffnete die Tore und ließ alle herein, ja sie sorgte dafür, dass jeder etwas zu essen und einen Schlafplatz bekam. Sie selbst ging zu den Verzweifelten und sprach ihnen Mut und Trost zu.

Überfälle und Kämpfe wollten kein Ende nehmen. Nächtelang lag Maria wach. Was soll ich nur tun?

Sie holte den Siegelring des Vaters – da kam ihr eine Idee: „Wenn ich mich mit Balthasar von Esens verbünde, dem Erzfeind von Enno? Ja, das werde ich tun, hatte ich dir, Vater doch geschworen, mich zu rächen."

Am nächsten Tag sprach sie mit Boing über ihren Plan. Der gab zu bedenken: „Aber Balthasar ist doch auch euer Feind! Wie oft habt ihr euch schon gegen seine Überfälle wehren müssen!"

„Ich weiß, das habe ich nicht vergessen. Er hat sogar schon meinem Vater gegenüber behauptet, dass er ein Recht auf das Jeverland hätte."

„So hört auf meinen Rat, ihr dürft diesem Balthasar nicht trauen, glaubt mir!"

Doch Maria wollte und konnte in dieser Angelegenheit nicht auf Boing hören. Die Schmach, die Kränkungen, die Verleumdungen, die ihr und ihrer Familie durch die Cirksenas zugefügt worden waren, schmerzten zu sehr.

So kam es zu einem Freundschaftsvertrag mit Balthasar von Esens. Doch Enno ließ sich von diesem Bündnis, nicht beeindrucken und Balthasar hielt sich schon nach kurzer Zeit nicht mehr an die mit Maria getroffenen Vereinbarungen.

Zu all den jahrelangen Kämpfen kamen immer wieder Verhandlungen mit Enno. Wie mühsam das war!

Einmal kam Maria erschöpft und wütend nach Hause und erzählte:

„Stellt euch vor, heute hat mir dieser Kerl doch tatsächlich vorgeschlagen, ich soll seinen Bruder Johann heiraten, dann, nur dann gäbe es Frieden zwischen uns. Weiß er denn nicht, was Johann mir angetan hat?"

Wie gut, dass sie Boing zur Seite hatte.

An diesem Abend saßen sie noch lange vor dem Kaminfeuer, Maria, Anna, und Boing.

Da sprach Maria:

„Ich werde nur den Mann heiraten, den ich liebe!" und ihre Augen leuchteten.

Obwohl Maria sogar ihr Jeverland unter den Schutz des Kaisers stellte und es Karl dem V. zu Lehen auftrug, trat keine Ruhe ein. Mehrmals reiste sie nach Brüssel zur Schwester des Kaisers, um ihrem Anliegen Nachdruck zu verleihen.

Aber die Hilfe kam nur zögerlich und Graf Enno ließ sich durch nichts beeindrucken.

Brüssel war weit weg und der Kaiser noch viel weiter.

Maria lernte auf diesen Reisen eine ganz neue Welt kennen. Das höfische Leben in Brüssel war geprägt von Eleganz und Kultur.

Sie war begeistert. „Wie gerne würde ich in meiner Stadt auch so großartige Gebäude errichten, Kirchen, Denkmäler und Brunnen bauen, meine Burg zu einem vornehmen Schloss umgestalten und große Gesellschaften geben!" schwärmte sie, „aber nein!" das ist alles viel zu teuer und überhaupt: So lange derart viel Geld – und Menschenleben für kriegerische Auseinandersetzungen geopfert werden müssen, ist daran überhaupt nicht zu denken. Wir brauchen endlich Frieden!"

Und wieder hielt der Tod Einzug in die Burg zu Jever: Jetzt war es Anna, die für immer ihre Augen schloss. Maria saß weinend am Bett ihrer geliebten Schwester. „Wie zart und gebrechlich sie doch immer gewesen war", dachte Maria voller Trauer. Als sie den Kopf hob, erblickte sie neben Annas rechter Hand den Siegelring des Vaters.

Lange saß sie schweigend da - - -

Dann nahm sie den Ring behutsam auf und betrachtete ihn …

„Ach Anna, deine Seele darf nun in den Himmel fliegen, zu Vater, Mutter, Christoph und Dorothea und mich hast du ganz alleine zurück gelassen.

Ich schwöre dir und euch allen, ich werde nicht aufhören zu kämpfen bis unsere Ehre wieder hergestellt ist!"

Als Maria endlich schlafen ging, legte sie sich den väterlichen Siegelring wieder unter das Kopfkissen so wie damals, vor langer langer Zeit, als sie ein kleines elfjähriges Mädchen gewesen war.

In dieser Not trat ein zweiter Helfer in Marias Leben. Es war Remmer von Seediek. Als Jurist und Theologe besaß er ein umfassendes Wissen.

In den vergangenen Jahren hatte er als Stadtsekretär in Bremen reichlich Erfahrung in der Verwaltung und den Finanzen sammeln können. Er wurde für Maria ein unentbehrlicher weitblickender und weiser Ratgeber.

Auch im Jeverland hielt das reformatorische Gedankengut Einzug.

Eines Tages kam Maria ganz aufgebracht zu Remmer und berichtete:

„Mir ist zu Ohren gekommen, dass es bei uns jetzt auch schon so seltsame „Erleuchtete" gibt, die in der Kirche deutsch predigen, deutsche Lieder singen und das Abendmahl in zweierlei Gestalt austeilen. Das müssen wir unbedingt und sofort unterbinden. So etwas Unerhörtes muss unter Strafe gestellt werden!"

Doch Remmer gab zu bedenken:

„Maria, beruhigt Euch. Hört auf meinen Rat: Ihr tut gut daran, mit diesen neuen Bestrebungen besonnen umzugehen, damit es nicht zu einem Religionskrieg kommt."

Nein, noch einen Krieg – das wollte Maria auf keinen Fall!

Mit 36 Jahren war sie die einzige Überlebende der Familie Wiemken. Jetzt, da sie ohne Familie war, wünschte sie sich noch dringlicher, eine neue Familie zu gründen. Sie wollte mit der Hochzeit nicht mehr lange warten.

Doch bevor dies Wirklichkeit werden konnte, musste erst Boings Ehre, die er an die Ostfriesen verloren hatte, wieder hergestellt werden. Maria wollte und durfte als Landesherrin keinen Mann heiraten, der der Untreue und des Verrats bezichtigt wurde.

Und Boing wollte nur als aufrichtiger, ehrbarer und geachteter, frommer und ritterlicher Mann Maria zum Traualtar führen und er wollte nicht mittellos dastehen. Er bestand darauf, mit seiner Ehre auch seine Güter zurückzubekommen.

Hart und ausdauernd verhandelte Maria mit Enno von Ostfriesland. Die Jahre vergingen.

Wieder fuhr sie zu dem Ort, an dem sie sich schon so oft mit ihm zu Verhandlungen getroffen hatte. Sie erschrak.

„Wie alt und elend er aussieht, wie müde und krank." dachte sie, „dabei ist er fünf Jahre jünger als ich".

Seine Frau Anna begleitete ihn. Sie musste ihn stützen. „Wir brauchen Frieden" sprach sie. Seht euch diesen Vertrag an und unterschreibt."

Maria las, was Enno aufgesetzt hatte.

Bei dem letzten Punkt stutze sie. Sie zögerte … Soll ich das unterschreiben? Dann dachte sie an Boing, an ihren Vater, an ihr Land, das so dringend Frieden brauchte … Und sie unterschrieb.

Als sie nach Hause kam, wartete Boing schon auf sie. Er hatte die Pferde gesattelt und sie ritten an dem neu errichteten Siel, dem Mariensiel, vorbei zur Küste.
Sie setzten sich an den Deich, an ihren Lieblingsplatz, an dem sie schon so oft gesessen hatten. Von hier aus konnten sie den Verlauf des Deiches weit überblicken. Sie hatten dafür gesorgt, dass die Deiche repariert - und um einiges erhöht worden waren.
Darauf waren sie sehr stolz. Friedlich weideten die Schafe.
Maria und Boing blickten auf das Meer – schweigend – die untergehende Sonne hatte den Himmel im Westen orange/rot/purpurn gefärbt und als der glutrote Ball die Wasseroberfläche berührte und die goldenen Sonnen-strahlen über das Wasser direkt auf sie zu liefen, da lehnte sie ihren Kopf an seine Schulter und sprach voller Freude:

„Wir haben es geschafft! Der Vertrag! Enno hat mir heute in dem Vertrag zugesichert, dass er deine Ehre wieder herstellt und du mit deiner Ehre auch deine Güter zurück bekommst, und außerdem hat er versprochen, dass er die Grenzen unseres Jeverlandes in Zukunft anerkennen wird, doch ..." ihre Stimme wurde unsicher –
„doch -- ich musste noch etwas unterschreiben…"

Boing strich ihr über das Haar. „Was denn?"

„Ich musste auch noch unterschreiben dass, wenn wir ein Kind bekommen, dieses Kind eines von Ennos Kindern heiraten wird.

O Boing, ich hoffe ich habe keinen Fehler gemacht."

Es dauerte eine Weile, ehe Boing antwortete:

„So werden nicht nur wir bald heiraten, sondern nach dem Willen Ennos auch das Jeverland und Ostfriesland – das hatten die Cirksenas doch schon immer gewollt!"

„Ja – allerdings – doch unsere Kinder sind später dran! Wir wollen nicht so lange warten", fügte sie lachend hinzu. An diesem Abend beschlossen sie: „Wir werden am Heiligen Weihnachtsfest heiraten und ein großes fröhliches Hochzeitsfest feiern.

Bis dahin musste noch vieles geregelt werden.

Maria war jetzt 40 Jahre alt.

Sie war glücklich, überglücklich. Sie freute sich auf ein Leben als Frau an der Seite ihres geliebten Boing von Oldersum, hoffte inständig auf Mutterglück und nahm sich fest vor die Zeit des Friedens für das Wohl aller zu nutzen:

Für ihre Familie, für ihr Land und für alle ihre Untertanen.

Hier endet das Märchen.

****

Die Weissagungen der Feen an der Wiege der Maria Wiemken aus dem Hause der Papinga hatten sich bewahrheitet:

Maria hatte viel Leid erfahren. Doch war sie an all den schweren Schicksalsschlägen nicht zerbrochen, sondern zu einer starken Persönlichkeit herangereift.

Dass ihr Andenken auch noch heute im Herzen vieler Menschen lebendig ist, und sie für manche zum Vorbild wurde, durfte ich von einer Freundin erfahren, die eine äußerst schwere Kindheit hatte. Sie sagte zu mir: „Immer, wenn ich als Kind verzweifelt war und nicht mehr weiter wusste, dann dachte ich: Denk an die Maria (von

Jever), schau sie an, die hat sich auch nicht unterkriegen lassen, also: Kopf hoch!"

Aus der kleinen oft gedemütigten hilflosen Maria war eine selbstbewusste unabhängige Frau geworden, eine kluge umsichtige Landesfürstin, die ihr Schicksal und das ihres Landes entschlossen in die Hand nahm und für Frieden und Wohlstand sorgte.

Was in den letzten vier Monaten des Jahres 1540 geschah, damit hatte niemand gerechnet – und es veränderte vollkommen den Gang der Geschichte:

Im September starb Enno von Ostfriesland. Seine Frau Anna trat als Vormund ihres ältesten Sohnes die Nachfolge an.

Im Oktober starb Balthasar von Esens. Seine Nachfolge trat Anna von Rietberg an.

Im November starb Boing von Oldersum. Kurz nachdem er vor Wittmund durch die Kugel einer Hakenbüchse schwer verwundet war.

Wir können nur ahnen, was das für ein Schicksalsschlag für Maria war. Es war der schwerste in ihrem Leben.

Der Historiker Dr. Wolfgang Petri beschreibt das in seinem Buch „Maria von Jever, Herrschaft und Liebe – Tragik und Legende" folgendermaßen:

„Die Auswirkungen (des Todes von Boing von Oldersum) auf Marias Persönlichkeit lassen sich nur schwer fassen. Dass sie fortan ihre Untertanen behütete wie eine Glucke ihre Küken, ist für die Folgen dieses Elementarereignisses bezeichnend und sicher auch eine Form des Ausgleiches für entgangene Familienfreuden."

Einige wichtige Daten aus dem Leben
des Fräulein von Jever nach1540

1558:   Einrichtung eines Armenhauses
                  Privilegierung der Hofapotheke

1560:   Ausbau Jevers zur Residenzstadt und
                  Ausbau der Schlossanlage

1561-64:   Bau des Edo-Wiemken Denkmals,
                  Grabmal für Marias Vater

1568-71:   Ausbau des herrschaftlichen Vorwerks
                  Marienhausen (Schlösschen)

1570:   Errichtung des Mariensiels zur künftigen
                  besseren Entwässerung

1572:   Gründung der Lateinschule, später provin-
                  zialschule, heutiges Mariengymnasium,
                  Förderung begabter Schüler durch Vergabe
                  von Stipendien

1573:   Testament: Übergabe der Herrschaft Jever
                  an das Oldenburger Grafenhaus

20. Februar 1575 Tod auf der Burg zu Jever

Literaturhinweise:
Dr. Wolfgang Petri, „Maria von Jever, Herrschaft und Liebe – Tragik und Legende", Hermann Lüers Verlag, 2000
Erna Schemer-Uhlhorn, „Maria von Jever" (historischer Roman), Knut Reim Verlag, 1990

Danksagung

Ganz herzlich bedanken möchte ich mich an dieser Stelle bei Heike Tönjes, „meiner Harfenfee". Ohne sie wäre dieses historische Märchen niemals entstanden.

Sie war von der Persönlichkeit des Frl. Maria von Jever derart beeindruckt, dass in ihr der Wunsch entstand, das Leben dieser wahrhaft starken Frau in Form eines historischen Märchens zu würdigen.

Von ihrer Be-geist-erung angesteckt, begannen wir beide mit unseren ausführlichen Recherchen. Anschließend machte ich mich ans Werk. Die historischen Daten mit märchenhaften Elementen auszuschmücken bereitete mir große Freude.

Diesen Entwicklungsprozess begleitete Heike intensiv mit wohlwollender und aufrichtiger Kritik, mit immer wieder inspirierenden Ideen, und was besonders wichtig war: Wenn mich Zweifel plagten, dann machte sie mir Mut.

Danke, liebe Heike!

Brigitte Hagen

Zur Autorin

Brigitte Hagen, geboren 1942 in Garmisch-Partenkirchen, lebt seit 1998 in Ostfriesland.

Schon früh entdeckte sie ihre Liebe zu Märchen. Als Grundschullehrerin hatte sie große Freude daran, den Unterrichtsstoff so zu vermitteln, dass die Fantasie der Kinder angeregt, und ihre Gefühle angesprochen werden. Und das gelingt bekanntlich am besten mit Märchen und Geschichten.

In diesen Jahren übte sie sich im freien Erzählen und entwickelte so ihren ganz persönlichen lebendigen Erzählstil.

Seit ihrer Pensionierung reist sie als Märchenerzählerin durch Ostfriesland und bringt ihre Märchenschätze sowohl zu den kleinen, als auch den großen Leuten.

Vor etwa 10 Jahren gründete sie zusammen mit der Harfenspielerin Heike Tönjes das Wort-Musik-Ensemble „Märchenklang aus Fehnland".

Den beiden Frauen ist es ein großes Anliegen, das Kultur-gut der Märchen zu erhalten und neu zu beleben und die Freude, die sie selbst an diesen uralten Weisheitsgeschichten haben, an ihr Publikum weiter zu geben. www.maerchen-klang.de

Matthias Hilbert

Außergewöhnliche Glaubensboten

in Ostfriesland

Vier Personenporträts:
Liudger – Johannes a Lasco –
Menno Simons – Karl Immer

44

Außergewöhnlich und wagemutig, glaubensstark und opferbereit waren sie alle, die in diesem Buch vorgestellten Glaubensboten, die für Ostfriesland und seine facettenreiche Kirchengeschichte und -landschaft von großer Bedeutung waren und die weit über Ostfriesland hinaus beachtliche und nachhaltige Wirkung erzielen sollten:

Der Friese (und spätere Bischof von Münster) Liudger, der bei der frühen Christianisierung Ostfrieslands eine wichtige Rolle spielte,

Der gelehrte polnische Baron Johannes a Lasco, der in der Reformationszeit als Superintendent bestrebt war, bei dem Aufbau und der Gestaltung der evangelischen Kirche in Ostfriesland neue Wege zu gehen und Reformierte und Lutheraner zusammenzuführen,

Der friedfertige Täuferführer Menno Simons, der, ständig verfolgt und mit dem Tode bedroht, sich nicht nur nach der Katastrophe des Täuferreiches zu Münster bemühte, die niederdeutsche Täuferbewe-gung zu einen und ihr eine biblisch fundierte Basis zu geben, sondern der auch in Emden eine viel beachtete Disputation mit a Lasco führte,

Der ostfriesische reformierte Pfarrer Karl Immer, der in der Krummhörn eine Erweckung auslöste und im Dritten Reich zum Wegbereiter der Bekennenden Kirche werden sollte.

ISBN: 9783754323410, 128 Seiten, € 9,90

Matthias Hilbert

Unvergessene Pastoren und Evangelisten

Sechs Lebensbilder:

Fritz Binde

Wilhelm Busch

Paul Deitenbeck

Heinrich Kemner

Friedrich Sondheimer

Corrie ten Boom

Es sind außergewöhnliche Persönlichkeiten, die in diesem Buch porträtiert werden:

Fritz Binde, der Anfang des 20. Jahrhunderts eine radikale Wende vom Sozialisten und Nihilisten zum überzeugten Christen durchmachte und später so gewaltig predigte, dass Arbeiter, die ihm zugehört hatten, einmal gemeint haben sollen, dass gegen ihn fünfzig Bebel nicht ankämen.

Wilhelm Busch, der legendäre Essener Jugendpfarrer.

Der Sauerländer Paul Deitenbeck, einer der bedeutesten Protagonisten der Pietisten und Evangelikalen im Nachkriegsdeutschland.

Heinrich Kemner,, Gründungspionier eines großen geistlichen Rüstzentrums in der Lüneburger Heide.

Der baptistische Volksmissionar Friedrich Sondheimer, der erstaunliche Gebetserhörungen erlebte.

Die holländische Uhrmacherin Corrie ten Boom, die erst von den Nazis verfolgt wurde und später weltweit für Versöhnung untereinander und mit Gott eintrat.

Bei ihnen bestätigt sich das Wort von Augustinus: Nur wer selbst brennt, kann andere entzünden!

ISBN: 9783753442235, 132 Seiten, € 9,90

Hans-Jürgen Sträter

Das Torfkraftwerk von Siemens

Wie Wiesmoor entstand und Ostfriesland elektrisch wurde

1906 erbaute Siemens in Wiesmoor für das strukturschwache Ostfriesland das Torfkraftwerk. Das führte zu einem Aufblühen der Region im doppelten Sinne. Heute bezeichnet sich die Stadt Wiesmoor deshalb auch als die Blüte Ostfrieslands. 1964 wurde das Torfkraftwerk, der bis dahin größte Arbeitgeber der Region, stillgelegt - und im gleichen Jahr 1964 begann die Produktion des VW-Käfers in Emden. Inzwischen ist Ostfriesland auch ein wesentlicher Faktor für die Erzeugung von regenerativer Energie in Deutschland.

ISBN: 9783751934329, 56 Seiten, € 5,90